LE GABBIANELLE

In copertina: illustrazione di Valeria Petrone
Grafica: *the*World*of*DOT

Per essere informato sulle novità
del Gruppo editoriale Mauri Spagnol visita:
www.illibraio.it

ISBN 978-88-235-1985-5

Gruppo editoriale Mauri Spagnol
www.guanda.it

GIANNI BIONDILLO

PIT, IL BAMBINO SENZA QUALITÀ

Illustrazioni di Valeria Petrone

UGO GUANDA EDITORE

1

A questo punto della nostra storia Pit è a bordo campo e ha in mano la palla.

Pit, giusto per non confondervi, si chiama in realtà Pietro. Ma fin da quand'era piccolo piccolo i suoi genitori e i suoi amici l'hanno sempre chiamato così, quindi direi che anche noi possiamo farlo, non trovate?

La mamma, ogni tanto, quando magari deve sgridarlo, lo chiama Pietro. Tipo: « Pietro, ti ho detto di mettere a posto la cameretta! » O anche: « Pietro, finisci di mangiare! » Ma a noi in questo momento la cosa non interessa. Restiamo su Pietro. No, cioè, su Pit.

Il bambino, dicevamo, a questo punto della nostra storia ha in mano la palla. Sente il peso della responsabilità. Le sorti della partita di pallavolo dipendono da questa sua battuta. Se la sbaglia va a finire che perderanno. E sarà peggio di una tragedia, peggio di un terremoto, peggio ancora di un gelato appena comprato che cade dal cono direttamente sull'asfalto, in pieno agosto. Va bene, forse quest'ultimo esempio può sembrare poco efficace, ma vi assicuro che se mai vi capitasse nella vita di far cadere un gelato mentre siete al mare, la voglia di piangere vi verrebbe automaticamente.

Ed infatti a Pit sta venendo come un nodo alla gola e gli occhi gli si stanno inumidendo. Ecco, pensa, adesso io batto la palla. E sbaglio. Lo so già. Sbaglierò, perché non sono mai stato un gran giocatore di pallavolo. Papà dice sempre che non è un problema, che mica si può saper fare tutto. La fa facile lui. Ma qui, nella mia classe, è come se tutti avessero un dono, un talento, un potere. Anzi: un superpotere. Sembrano dei supereroi, io sono l'unico senza nessuna qualità. Non so fare niente. E non volevo neanche giocare questa partita. Non volevo giocarla la finale. E invece vedi gli scherzi del destino? Tocca a me battere, proprio ora, pro-

prio qui. E sbaglierò, lo so già. E mi prenderanno in giro. È la mia ultima occasione per farmi voler bene da tutta la classe e io la sto buttando via.

Questo pensa il nostro Pit. E poi ditemi se non è una vera tragedia, come un gelato appena comprato e già caduto sull'asfalto, senza neppure averlo assaggiato.

Ma ovviamente mica possiamo restare qui ad aspettare per sempre che tiri la palla. Infatti l'arbitro ha già fischiato e gli otto secondi regolamentari sono quasi scaduti. Ti muovi o no? Vogliamo batterlo questo servizio?

Pit prende fiato. Lancia la palla in alto, poi la colpisce con la mano destra.

2

Ma forse conviene fare qualche passo indietro altrimenti non ci capiamo niente. Insomma, come ci è arrivato in questa situazione il nostro amico?

Pit non era mai stato un bambino pauroso e neppure uno che stava lì a fare sempre lagne su lagne. A scuola non aveva mai avuto problemi e fin da quando andava all'asilo aveva un gruppetto di amici carissimi con i quali giocava a nascondino, o alla Play, o a rincorrersi. Insomma, un bambino tranquillo.

Poi era successo che avevano trasferito sua madre in un'altra città, per lavoro. Dovete sapere che la mamma di Pit è un'insegnante. Quindi mica decide lei dove andare a lavorare. Ci pensano dei signori con gli occhiali, la giacca e i baffi, che stanno in un posto che si chiama ministero, a decidere dove devi andare a insegnare ai bambini. Per capirci: se c'è un paese che ha molti insegnanti e pochi bambini e uno dove ci sono molti bambini e pochi insegnanti, cosa fai? L'avete capito da soli, lo so già.

Quello che però può sembrare facile da fare è invece complicato per chi deve trasferirsi. I primi mesi, infatti, la mamma di Pit (che si chiama Gabriella, così non stiamo lì a chiamarla sempre « la mamma di Pit ») si trasferì nella nuova città lasciando da soli Pit e suo padre (il padre di Pit invece si chiama Luigi, così abbiamo fatto tutte le presentazioni). L'idea era quella di far finire la scuola elementare a Pit e poi trasferirsi tutti nella nuova città. In fondo il padre di Pit (uff... volevo dire, il signor Luigi) poteva lavorare un po' dove gli pareva. Faceva il programmatore di computer, quindi la maggior parte del suo tempo la passava a casa. Era lui, per capirci, che preparava il pranzo a Pit quando tornava da scuola.

In uno di questi rientri, proprio mentre Pit

stava addentando un piatto di pasta al pesto, il padre gli fece un discorso.

« Pit, credo che dovremo anticipare il nostro trasloco. »

« Come mai? La mamma si sente sola nella nuova città? »

Il papà sorrise. « Certo, si sente molto sola. Ma voglio essere sincero con te. Avere due case in affitto è davvero troppo costoso per noi. »

« Quindi mi stai dicendo che non finirò la scuola? »

« Certo che la finirai. Ma non qui. Ci trasferiamo la prossima settimana, la mamma ti ha iscritto nella stessa scuola dove insegna lei, così ci potrete andare assieme al mattino. »

Pit si fece un po' triste. « Ah » disse solo. « Ho capito. »

« Che c'è? » gli chiese il padre. « Non vuoi andare a scuola con la mamma? »

« Ma no, figurati, non è un problema. È che... insomma, i miei amici... »

Il padre gli versò un po' d'aranciata. Era il loro segreto. La mamma non voleva che Pit bevesse aranciata durante i pasti, ma di nascosto il papà glielo permetteva. Soprattutto in momenti importanti, come questo.

«Ormai sei grande, Pit, e so che capirai. Se abbiamo deciso di traslocare proprio adesso vuol dire che non potevamo fare altrimenti.»

«Certo» disse Pit. Un po' triste e un po' felice perché stava già pregustando il sapore dell'aranciata.

«E non preoccuparti per i tuoi amici. Sono certo che nella scuola dove andrai te ne farai di nuovi, altrettanto simpatici.»

«Hai ragione» rispose il bambino, passandosi la lingua sulle labbra. «Mi farò un sacco di nuovi amici.»

Le cose, purtroppo per Pit, non andarono esattamente così.

3

Quando la madre lo portò in classe le lezioni erano già iniziate. Erano dovuti passare prima dal preside e poi in segreteria a firmare chissà cosa. E poi di corsa, mano nella mano per i corridoi della scuola. Insomma, Pit entrò nella sua nuova classe accompagnato dalla madre e la cosa un po' lo fece vergognare, sembrava proprio da bambini piccoli e lui aveva già compiuto dieci anni, non era mica un mocciosetto di prima elementare!

« Ciao Gabriella » disse l'insegnante seduta alla scrivania. « Venite, venite pure » disse alzandosi. « Tu devi essere Pit, giusto? »

Pit sentì chiaramente alcune risatine provenire dalla seconda fila.

D'istinto lasciò la mano della madre (non era mica un bambino piccolo lui!) e la porse

all'insegnante. «Mi chiamo Pietro» le disse, come volesse far capire al resto della classe che un nome normale ce l'aveva pure lui.

«Ma certo, Pietro...» rispose l'insegnante. Aveva una bella voce, bisogna dirlo. Melodiosa. Ti metteva di buonumore.

«Pietro» disse la madre. «Ti presento la maestra Gelsomina.»

Pit sorrise. Che bel nome, pensò.

«Facciamo così, Pit... anzi, scusa, Pietro... adesso vai a sederti.» Si guardò attorno. «Bea, vicino a te c'è un posto libero, giusto?» Una bambina in terza fila annuì. «Bene, Pietro, ora vai a sederti di fianco a Bea, nel frattempo io e tua mamma ci diciamo due cose.» Alzò lo sguardo verso la classe. «Ora esco un attimo, voi fate i bravi e presentatevi al vostro nuovo compagno.»

«Pit» disse Pit.

«Come?» chiese la maestra Gelsomina.

«Mi chiamo Pietro, ma se vuoi puoi chiamarmi Pit. Mi fa piacere.»

La maestra Gelsomina sorrise. Sembrò quasi che l'aria profumasse davvero di gelsomino.

« Ma certo, fa molto piacere anche a me, caro Pit. »

4

È vero, quando entri in una classe dove non conosci nessuno ti sembrano tutti strani. Però per Pit non era una semplice sensazione. Questi qui sembravano davvero molto strani. Per capirci: appena entrati in aula Pit s'accorse che c'era un bambino addormentato in prima fila, con la faccia sul banco. E la maestra Gelsomina non diceva nulla? Di fianco a quello che dormiva c'era un bambino grasso. Va bene, lo sappiamo, ce ne sono sempre in ogni classe. Non dovrebbe essere una cosa strana, e Pit sapeva che non bisogna mica giudicare i bambini per il loro peso. Ma questo era davvero grasso. Era enorme. E che dire di quella bambina in ultima fila con tutti i capelli ritti in testa? Sembrava che crescessero in altezza. Ma si pettinava al mattino?

Pit fece alcuni passi, titubante.

« Ehi, pulcino » gli disse un ragazzino in seconda fila.

« Come? » chiese lui.

« Pulcino. »

« Perché mi chiami così? »

« Hai il nome di un pulcino, quindi sei un pulcino. »

« Io mi chiamo Pietro. »

« No, tu ti chiami Pit e sei un pulcino. » Poi, agitando i gomiti come a imitare un paio d'ali. « Pio pio pio... »

« Smettila, Davide, non fai ridere nessuno » disse la bambina in terza fila. In realtà stavano ridendo tutti.

Pit la raggiunse. « Posso? » le chiese.

« Ma certo, siediti. » Poi disse: « Io mi chiamo Bea ».

« E lui è un pulcino » disse quello di prima.

« Davide! » sembrava molto infastidita.

E qui accadde la prima cosa davvero strana della mattinata. Quel bambino, Davide, allungò la mano verso la cintura dei pantaloni di Pit.

Vi dico la verità, Pit la cintura non la metteva quasi mai. Ma la madre gli aveva comprato un paio di pantaloni un po' larghi. Era perché Pit stava crescendo in fretta. Glielo aveva detto la mamma. Conveniva comprare cose un po' più grandi, così gli duravano di più. Solo che se non metteva la cintura le braghe gli cadevano. Una bella rottura di scatole, insomma. Anche perché andare in giro con vestiti più grandi di una taglia lo faceva davvero sembrare più piccolo. Un pulcino, appunto.

Davide, dicevamo, allungò la mano verso Pit e con l'indice toccò il gancio della cintura. La fibbia si smontò, d'improvviso. A Pit caddero i pantaloni alle ginocchia, lasciandolo in mutande. L'intera classe scoppiò in una clamorosa risata. Persino quello che dormiva in prima fila alzò la testa e guardò verso di lui, sorridendo.

Direi che è abbastanza strana questa cosa, non trovate? Ma non fu la più strana. Pit, morto di vergogna, cercò di tirarsi su i pantaloni. Poi si sedette goffamente al suo posto.

« Davide, sei un cretino! » disse Bea. E qui

accadde la seconda cosa strana della mattinata. La bambina era davvero arrabbiata. Al punto da inverdire in volto. Sì, avete letto bene. Non arrossì. Inverdì. Pit la osservava attentamente: il volto della bambina passò da un verde acqua marina fino a un intenso verde bottiglia.

«Non farci caso» disse Bea. «Davide crede di essere simpatico, ma non lo è per niente.»

La maestra Gelsomina rientrò in classe. «Che succede?» chiese. «Ci sono dei problemi, Pit?»

Bea parve voler rispondere, ma Pit l'anticipò. «No, nessun problema.» Poi guardò la bambina, sempre più verde in volto. «Lascia perdere, non ne vale la pena» le disse sottovoce.

L'insegnante tornò alla cattedra. «Bene, allora riprendiamo la lezione.»

E in quel preciso momento il bambino in prima fila ributtò la faccia sul tavolo.

5

Va bene. Magari Pit s'era immaginato tutto. Forse la cintura era difettosa, forse l'illuminazione della classe l'aveva confuso. Forse non erano così strani come sembravano, i suoi compagni.

Forse.

O forse no. Anzi, diciamocelo subito. No, per niente. Di essere capitato in una classe speciale Pit ne ebbe conferma la mattina appresso. Erano arrivati in perfetto orario davanti alla scuola.

« Mamma » disse il bambino, mentre stavano girando l'angolo della scuola.

« Dimmi, tesoro. »

« Potresti andare avanti da sola? »

La madre si fermò e lo guardò stupita.

« E perché? »

«Cerca di capire... tutti i genitori lasciano i figli davanti alla scuola, io invece...»

La madre sorrise. «Giusto, ho capito, non vuoi sembrare quello che entra accompagnato dalla mamma fino in classe.»

Bisogna ammettere che Gabriella era una mamma molto perspicace.

Pit sorrise. «Ecco, appunto...»

«Va bene. Vado avanti. Ma tu non perdere tempo fuori dalla scuola con i tuoi nuovi amici.»

Ad avercene di nuovi amici. Era lì da solo un giorno e gli sembrava già di non poterne più. Si guardò attorno. Un capannello di bambini rumoreggiava all'ingresso. Lui si tenne in disparte.

«Che fai?» disse una voce alle sue spalle. Era Bea. «Non entri?»

Arrivarono in classe sul trillo della campanella. Molti dei suoi compagni se ne stavano affacciati alla finestra.

«No» urlava qualcuno. «Non è ancora arrivata.»

«Dai che ce la fai» urlava qualcun altro.

« Ma che succede? » chiese Bea.

Il bambino grasso si voltò verso i due. « Giovanni. È ancora in ritardo. » Poi, a Pit: « Io mi chiamo Sandrino ». Fece un sorriso che sembrava infinito, metteva pace.

« Ciao Sandrino. »

Alcuni bambini si erano già seduti al posto. « Vedrai che non ce la fa » dicevano fra di loro.

Altri erano ancora alla finestra. Compreso Davide. Pit si sporse pure lui. Vide un bambino nel cortile che correva, trafelato. E vide anche il bidello che chiudeva le porte della scuola. Forse non l'aveva notato.

« Dai, sei ancora in tempo! » urlò Davide al bambino. « Dai, prima che arrivi Gelsomina! »

Pit stava tornando al suo posto quando con la coda dell'occhio ebbe come un'impressione. Non è possibile, pensò. Tornò alla finestra. Era possibile, altro che!

Giovanni, al posto di bussare al portone d'ingresso, aveva messo un piede sulla parete della scuola. Poi un altro. Pit lo vide fare un passo. Sul muro. Sì, proprio così. Iniziò a

camminare sul muro della scuola, in posizione orizzontale, come se avesse delle ventose ai piedi. Pit guardava, incredulo. Dai, questa come la spieghi? Non sarà mica un'illusione ottica pure questa!

In un attimo Giovanni arrivò al secondo piano, entrò dalla finestra e si fiondò al suo posto, tutti gli altri dietro di lui. Solo Pit rimase in piedi, con la bocca spalancata dallo stupore.

« Ehi, pulcino, cosa aspetti, siediti! »

In quell'istante entrò in classe la maestra. « Forza Pit, a posto. » Si guardò attorno. « Bene, ci siamo tutti, iniziamo la lezione. »

E mentre tutti prendevano in mano la penna e aprivano il quaderno, quello al primo banco allungò le braccia e ci appoggiò sopra la testa. Russava anche un po', ma poco, senza dare troppo fastidio.

6

Ormai era passato un mese. Bea continuava a diventare verde quando s'arrabbiava, Sandrino sembrava sempre più alto e grosso, Giovanni continuava a camminare sui muri della scuola, e Vito, quello che dormiva sempre, continuava a dormire.

« Come sono i tuoi compagni di classe? » gli chiese un giorno il padre, a pranzo.

« Strani » disse. Cosa doveva rispondergli?

Il padre sorrise. « All'inizio siamo tutti strani. Forse anche tu sembri strano a loro. »

« No, questi sono proprio strani, tu non puoi capire. »

Il padre fece un'espressione sospettosa. « Ci sono dei problemi? »

Sì, c'erano. A Pit mancava la sua vecchia classe, dove tutti erano normali, come lui. Gli mancava avere degli amici, in buona sostanza. In questa nuova classe riusciva a parlare solo con Bea e con Sandrino. Non che gli altri lo trattassero male, ma era come se non esistesse. E poi c'era Davide, che dava l'impressione di averlo puntato. Non passava giorno che non lo prendesse in giro o non gli facesse dei dispetti. Come quella cosa della cintura. Ogni volta che toccava qualcosa la rompeva. Bastava un niente. Sembrava ci prendesse gusto.

Ma Pit non aveva voglia di lamentarsi, sapeva quanto difficile era stato il trasloco, anche per i suoi genitori. Anche loro avevano lasciato nella vecchia città amici, conoscenti, abitudini. E in questa nuova casa le spese erano molto alte. Li sentiva, la sera, mamma e papà fare i conti in cucina, sottovoce per non farsi sentire dal figlio. Pit aveva capito che al padre non avevano rinnovato un lavoro. Insomma, che mancavano dei soldi. Cose da grandi. Forse lui non le capiva fino in fondo, ma aveva compreso benissimo che i suoi erano preoccupati. Non voleva aggiungere nuove preoccupazioni.

Cose da bambini. E lui non voleva comportarsi da bambino lagnoso.

« No, nessun problema » rispose.

« Bene » disse il padre. « Mi fa piacere. Lo sai che se c'è qualcosa che non va basta che ce lo dici. »

« Sì, lo so. » Infatti lo sapeva. Ma non voleva dirglielo lo stesso.

7

Poi uscì fuori quella storia del torneo di pallavolo. In pratica, prima che lui arrivasse la classe aveva partecipato ad un torneo con altre scuole del quartiere, vincendo tutte le partite. Ne mancavano ancora un paio prima della finale. Davide era quello più infervorato. Quanto non gli interessava studiare altrettanto non si perdeva una lezione di ginnastica. Era il migliore della sua classe. Ci teneva davvero a vincere quel torneo.

« Di' un po' pulcino, come te la cavi sottorete? » gli chiese Davide, mentre si cambiavano nello spogliatoio.

« Normale » rispose Pit.

« Che vuol dire normale? »

Esattamente quello che voleva dire. Pit era

un bambino normale e giocava in modo normale, non andava bene?

Entrò l'insegnante di ginnastica, con un paio di palle sottobraccio.

« Forza ragazzi, oggi facciamo un po' di allenamento. »

Uscirono tutti di corsa, verso la palestra.

« Ci dividiamo in due squadre. »

« Maschi contro femmine? »

« Non dire stupidate. »

« Coach, io non ci gioco con quello lì » disse Davide, indicando Pit.

« Cosa? » chiese l'uomo.

« Io non ci gioco con quelli normali. Io voglio una squadra speciale. »

« Chi decide le formazioni non sei tu, d'accordo? Qui non si fanno differenze. »

Finì che Pit si trovò nella stessa squadra di Davide. All'inizio le cose andarono bene. Tentò pure una schiacciata, ma Mario, uno dei suoi avversari, piegò le gambe come una rana e spiccò un balzo improvviso facendogli muro.

Fu Davide a risolvere la situazione e a fare punto.

Poi toccò a Pit battere.

« Dai pulcino, fammi un servizio speciale. »

A Pit batteva il cuore, fortissimo. Sentiva tutti gli occhi addosso. Lanciò la palla in aria, la colpì con il massimo della forza. La palla svirgolò nell'aria, toccò la rete e ricadde nella sua metà campo. Bea alzò gli occhi in aria, inverdendo tutta. Se avesse potuto sarebbe sprofondato nel pavimento dalla vergogna. Ma Pit quel potere non ce l'aveva.

« Ma come si fa! » urlò Davide. « Sei proprio una schiappa! »

« Davide » intervenne l'allenatore. « Non ti permettere. »

« Sì, certo... » Davide raccolse la palla da terra. « E tu me lo vuoi mettere in squadra? Così lo perdiamo di sicuro il torneo. »

« L'importante è partecipare, ricordatelo. »

« Certo, come no... tutti bravi a parlare... » sembrava una furia. Non aveva alcuna paura di tenere testa all'insegnante.

« Davide, finiscila. Dammi subito quella palla. »

Il bambino guardò fisso negli occhi il suo allenatore. Teneva la palla fra le mani.

« Vuoi questa? » Sorrise. Sembrava un sorriso malvagio.

Gli allungò la palla con una mano. Ma appena l'insegnante la prese, Davide toccò con l'indice la valvola. La palla si sgonfiò fra le mani dell'uomo.

« Ora vieni con me dal preside » disse l'allenatore, esasperato.

« Ma sì, è un po' che non lo vado a trovare » replicò il bambino, alzando le spalle con menefreghismo.

8

Lo so, ora potreste dirmi: ma che storia triste è questa? Non c'è proprio niente di divertente! D'altronde le storie mica possono sempre farci ridere, giusto? Di sicuro Pit non si stava divertendo. Non ostante fossero passati mesi, e ormai

era quasi primavera, di amici non se ne era fatti molti, a scuola non ci andava volentieri e anche i compiti gli sembravano sempre più noiosi.

Certe volte, nella sua cameretta, restava le notti sveglio a pensare a quanto stava meglio nella vecchia casa, con i vecchi amici e, un po' vergognandosi per i suoi pensieri cattivi, sperava che papà trovasse un lavoro che obbligasse tutti a tornare nella vecchia città. È vero, la mamma forse non sarebbe stata felice di dover lasciare la scuola dove ora insegnava, ma alla fine avrebbe capito. Le mamme capiscono sempre tutto.

9

Poi arrivò il Primo d'Aprile. I bambini a scuola si divertivano a farsi degli scherzi fra loro. Niente di preoccupante, ovvio. Cose da bambini. Qualche pesce appiccicato sulla schiena di qualcuno, qualche astuccio che scompariva e riappariva appeso al soffitto (lì poi ci pensava Giovanni ad andarlo a prendere, camminando sulle pareti del corridoio. Anzi, forse era stato proprio lui a metterlo in quel posto!) Insomma, le solite cose.

Alla fine dell'intervallo, mentre rientravano in classe, Davide chiese a Daniela se poteva prestargli il cellulare che doveva fare una telefonata urgente.

Aspettate un attimo, vi ho mai parlato di Daniela? No? È quella con i capelli tutti dritti in testa, vi ricordate? Quella che sta sempre seduta vicino alla finestra, assieme alla sua amica Luisa.

Insomma Davide le chiese il telefono.

« Perché non usi il tuo? » gli disse la bambina.

« Mio padre me l'ha requisito. »

« Se è così importante va' in segreteria a telefonare! » replicò lei, un po' altezzosa.

« Ma cosa ti costa? »

« No » rispose secca Daniela. « Se te lo do poi non so cosa ne fai. »

« Che devo farci? Una telefonata. »

La bambina si sedette, come a dire che il discorso per lei era finito lì.

A Pit venne istintivo mettere la mano nella tasca. Magari Davide doveva davvero fare una telefonata urgente, forse avrebbe potuto prestargli il suo di cellulare.

Daniela nel frattempo aveva aperto il quaderno e appoggiato il suo telefono accanto al diario. Sembrava quasi un gesto di sfida.

Davide fece una smorfia che forse voleva essere un sorriso.

« Grazie, sei proprio un'amica » le disse. Poi

toccò con l'indice il cellulare che andò frantumandosi in mille pezzi su tutto il banco.

Ci furono tre secondi di puro silenzio. Poi Daniela si alzò di scatto e iniziò a strillare come una pazza, diventando sempre più rossa in testa. Sì, in testa, non in volto. I suoi capelli biondi si fecero di un rosso sempre più intenso. Finché s'incendiarono.

« Il mio cellulareeeeee » urlava, mentre le fiamme dalla testa si facevano sempre più furibonde e incontrollabili.

« Davide, ma sei stupido? » urlava Bea, completamente verde in volto. « Falla smettere subito o qui brucia tutta la classe! »

Il ragazzino sbuffò con sufficienza. « Uff, come la fate difficile » disse. Poi diede uno spintone a Luisa.

Ma cosa sta facendo, pensò Pit. Perché ora se la prende con Luisa?

La poverina si girò di scatto verso Davide. « Sei un bambino cattivo » urlò, con gli occhi lucidi.

«Lo so» disse lui. «Sono cattivo. E tu sei brutta.»

Luisa tirò su col naso. Poi esplose in un pianto incontrollato. Sembrava una fontana. Ma non per modo di dire. Era proprio una fontana! Davide indirizzò il flusso delle lacrime verso la testa di Daniela, cercando di domare l'incendio.

«Il mio cellulareeee» urlava una, incendiandosi.

«Sei cattivo» urlava l'altra, spruzzando lacrime.

Un caos assoluto.

«Ora basta!» sentirono dire tutti, alle loro spalle. «Si può sapere cosa sta succedendo?»

L'intera classe si girò di scatto. All'ingresso dell'aula c'era la maestra Gelsomina.

Tutti cercarono di dire qualcosa: è stato lui, no, è stata lei, Davide è cattivo, era solo uno scherzo, il mio cellulare, le fiamme, lo spintone...

La maestra Gelsomina allargò leggermente

le braccia, con le palme delle mani rivolte verso l'alto.

«Ho – detto – ora – basta!»

Pit la vide sollevarsi da terra, fino quasi a raggiungere il soffitto.

«Andate – tutti – al – posto!»

Poi la maestra Gelsomina indicò verso le due bambine.

«Smettetela – subito – di – piangere!»

Le fiamme si spensero d'incanto, la fontana si prosciugò all'istante.

«Seduti!»

I bambini si ritrovarono tutti al loro posto, composti e spaventati. Nessuno l'aveva mai vista così arrabbiata.

Solo allora Gelsomina ruotò le palme verso il basso, planando delicatamente a terra.

Quando finalmente toccò con i piedi il pavimento guardò fisso negli occhi Davide.

«Tu. Vieni subito con me.»

Davide la seguì ad occhi bassi. Pit era certo che fossero pieni di lacrime, ma forse se ne accorse solo lui.

10

« Tu no » disse l'insegnante di ginnastica a Davide. « È inutile che ti cambi, oggi non ti alleni. »

« Cosa? Ma perché? »

« Lo sai benissimo perché. Sei in punizione. Il consiglio di classe ha deciso che non giocherai la semifinale. »

Tutti i bambini ascoltarono il dialogo in assoluto silenzio. Davide l'aveva combinata grossa, c'era da aspettarselo. Però in fondo erano dispiaciuti. Davide era il più bravo, quello che ci credeva più di tutti alla vittoria finale.

Ad essere sinceri non proprio tutti erano dispiaciuti. Daniela e Luisa, per dire, continuavano a sorridere e a fare di sì con la testa.

« È giusto » dicevano. « Così impara. »

A Pit sembrò poco carino quell'atteggiamento. Certo le due bambine avevano ragione ad essere arrabbiate con Davide, ma non c'era bisogno di infierire su di lui. Gli bastava già l'umiliazione che gli stava infliggendo l'insegnante.

« Hai consegnato la lettera a tuo padre? » gli chiese.

« Ma sì » rispose sbuffando Davide.

« E perché non ci ha ancora risposto? »

Forse non gliel'ha consegnata, pensò Pit. Magari si vergogna. Come mi comporterei io al suo posto?

« E che ne so io? »

« Vorrà dire che gli telefoneremo. »

« Ecco, bravi... chiamatelo... »

Pit non voleva ammetterlo, ma in fondo era ammirato dal comportamento di Davide. Lui non avrebbe mai osato rispondere così ad un adulto.

« Forza, ragazzi, tutti in palestra » urlò l'insegnante di ginnastica.

«Coach...?» disse quasi sottovoce Davide.

«Che c'è ancora?»

«Dai, su, fammi cambiare anche a me.»

La sua voce adesso era meno arrogante. Era la voce di un bambino che voleva giocare con i suoi amici.

«Davide, devi imparare che ad ogni comportamento sbagliato ci sono delle conseguenze che...»

«Sì, certo, come no.» Ora la sua voce era tornata a ostentare sicurezza. «E com'è che fate senza di me? Chi fa da regista?»

L'insegnante di ginnastica scosse il capo, lentamente. «Quante volte te lo devo dire? Nessuno è insostituibile.»

«Io sì!»

«Nella pallavolo è il gioco di squadra quello che conta, non il singolo giocatore.»

«Dai, coach...»

«Forza, ragazzi» urlò nuovamente l'insegnante, battendo le mani.

«Coach, dai... ti prometto che...»

Ma l'insegnante non gli dava più retta. «Pit» urlò.

«Dimmi coach.»

«Oggi farai tu da regista, d'accordo?»

11

Finiti gli allenamenti Pit fu l'ultimo a cambiarsi. Quando uscì dalla scuola vide un capannello di compagni. Li raggiunse. Al centro del gruppetto c'era Bea che cercava di tranquillizzare Davide.

«Se ti dai una calmata vedrai che il coach ti fa tornare a giocare per la finale.»

«No, quello ce l'ha con me.»

Teneva gli occhi bassi, sembrava più piccolo della sua età.

«Ma non è vero» replicò lei.

Davide alzò gli occhi e si accorse di Pit.

«Ehi pulcino, sei contento, vero?»

«Smettila» gli disse Bea. «Lui non c'entra.»

«Ti piace giocare al mio posto? Dai, dillo.»

«Perché te la prendi con me? Io non ti ho

fatto niente» gli disse Pit, e quasi non ci credeva di averglielo detto in faccia, dopo tutti questi mesi.

«Sì... nessuno c'entra mai niente... sono io quello cattivo, è vero...» Non sembrava neppure stesse parlando a qualcuno. «Hai consegnato la lettera a tuo padre?» disse, imitando la voce dell'insegnante di ginnastica.

«Davide, ti prego...» insisteva Bea.

«A mio padre, hai capito?» guardandola negli occhi. Poi la scostò con un gesto brusco. «Lasciatemi solo, io sono cattivo. Magari vi infetto tutti.»

«Ma dai...»

«Ho detto di lasciarmi solo!» urlò. Poi, per far capire quanto fosse furibondo, toccò con la mano una bicicletta parcheggiata davanti a lui che andò in mille frantumi.

Ci fu un «ohhh» generale di tutti i presenti.

«Ma cosa hai fatto?» disse Bea. «Quella è la bici di Sandrino.»

«Vorrà dire che se ne compra un'altra, va bene?»

Tutti lo guardavano in un silenzio accusatorio.

« Va bene? » continuava, urlando. « L'avete capito che è meglio starmi alla larga? »

Pit si sentì una mano sulla spalla. Qualcuno lo stava spostando di peso. Era Sandrino che era arrivato solo in quel momento, forse attirato dalle urla. Guardò a terra il cumulo della sua bici, poi guardò Davide.

Qualcuno provò a mettersi in mezzo.

« Dai, Sandrino, lo sai come è fatto Davide... »

Ma Sandrino lo spostò di peso con una mano. Gentilmente, ma con fermezza.

« Stammi lontano » urlò Davide. « Statemi tutti lontano, non voglio vedere nessuno. »

Sandrino era a un passo da lui.

« Vieni qui » gli disse.

« Io sono cattivo, hai capito, io... »

« Vieni qui » insisteva Sandrino, allargando le braccia.

Davide fece un passo avanti. Sandrino lo

abbracciò. L'amico sembrò sparire nell'abbraccio.

Pit non aveva la minima idea di cosa pensare. Davide aveva appena distrutto la sua bicicletta e Sandrino, al posto di arrabbiarsi, lo abbracciava e gli parlava in un orecchio, sorridendo, felice, come se avesse appena rivisto suo fratello dopo un lungo viaggio in giro per il mondo.

«Lo sai fare» disse poi Sandrino, staccandosi dall'amico. Davide ora aveva un volto rilassato, sereno.

« Ne sei sicuro? » chiese Davide.

« Mi fido di te » rispose Sandrino.

Allora Davide s'inginocchiò sui pezzi dispersi della bicicletta. « D'accordo » disse. Allungò entrambe le mani verso il manubrio. « D'accordo. » In pochi secondi la bicicletta si ricostituì pezzo dopo pezzo, sotto gli occhi increduli di Pit. E di tutti gli altri.

12

Poi Pit disse una bugia. Era il giorno della semifinale.

Entrò in palestra con un braccio appeso al collo. «Sono caduto» disse all'allenatore. «Non posso giocare.»

«E ora come facciamo?» chiese l'insegnante.

«Fate giocare Davide al posto mio.»

La partita fu molto combattuta. La squadra avversaria era davvero forte, ma la nostra non era da meno. C'era Mario, quello che salta come una rana, vi ricordate?, che faceva muro ad ogni colpo. E poi c'era Peppe. Come, non vi ho parlato di Peppe? Eh, lo so, ma mica vi posso parlare di tutti, altrimenti qui la storia non finisce più. Dicevo, c'era Peppe, quello che appariva e scompariva di continuo. Prima è qui, poi, un secondo dopo, è lì. Non sai mai dov'è.

E Daniela, che con quelle fiamme sulla testa scaldava l'aria e deviava la traiettoria della palla. E poi soprattutto c'era Davide che sembrava attirare tutte le palle su di sé. Insomma, la partita fu molto combattuta, ma alla fine vinsero i nostri amici.

Dopo il fischio finale tutti i bambini corsero festosi dai loro genitori.

«Cos'è successo al tuo braccio?» chiese il signor Luigi al figlio.

Pit sorrise. «Non ti preoccupare, non mi fa tanto male.»

«Pizza?» chiese la madre.

Uscirono dalla palestra alla spicciolata, ogni bimbo con i propri genitori. Tranne Davide.

Fu la madre di Pit ad accorgersene. «Povero cucciolo, non è venuto nessuno a prenderlo.»

«Mhm... Pensi anche tu quello che sto pensando io?» chiese il signor Luigi alla moglie.

Lei annuì. Poi, alzando la voce: «Ehi, Davide!»

Il bambino si girò. «Maestra Gabriella...»

« Di' un po', Davide, vuoi venire con noi a mangiare una pizza per festeggiare? »

Davide guardò la famiglia. Fece un sorriso amaro. « No, grazie, è molto tardi, mi aspettano a casa. »

« Sei sicuro? »

« Sì. Sicurissimo. »

Il bambino fece un passo. Si fermò, titubante. Tornò indietro. « Grazie pulcino » disse a Pit. Poi si girò di scatto e attraversò la strada, correndo.

13

Forse sarà stato che faceva così caldo che neppure le finestre aperte bastavano a far girare l'aria in classe. Forse era colpa delle lezioni, che a Pit sembravano ogni giorno più noiose. O forse era che si avvicinava la fine dell'anno scolastico e tutti pensavano ad altro: alle vacanze, al mare, alle granite e ai gelati.

Sta di fatto che Pit quella mattina era distratto. Distrattissimo. Continuava a parlare sottovoce con Bea, o a lanciare palline di carta nei capelli di Daniela sperando si incendiassero. Ogni tanto volgeva lo sguardo verso la maestra Gelsomina, facendo sì-sì con la testa, fingendo interesse per quel che diceva. Poi ricominciava a disegnare sul diario o a chiacchierare con chi gli dava retta. Tipo Peppe, alle sue spalle. Stavano facendo assieme una specie di gioco a chi era più veloce. Pit guardava verso la finestra, un secondo dopo era sparito l'astuccio dal suo tavolo. Ruotava nuovamente gli occhi e l'astuccio era di nuovo sul banco.

«Non ti sopporto» disse all'amico, con la testa leggermente girata e la mano a cucchiaio sulla bocca.

Non si accorse subito che la maestra Gelsomina lo stava osservando.

Pit continuava a parlare sottovoce a Peppe: «Adesso fammi sparire il quaderno...»

«C'è qualcosa che i tuoi compagni devono sapere?» chiese la maestra, in un silenzio assoluto.

Ahia, mi ha beccato, pensò Pit.

«Come?» balbettò Pit.

Bea al suo fianco inverdì, vergognandosi neppure fosse lei quella presa di mira.

«È che...» continuò il bambino. «Insomma stavo chiedendo una cosa a... cioè, sulla lezione, io...»

«Se non hai capito qualcosa della lezione basta che me lo chiedi, no?»

« Sì, sì, certo... »

« Cosa non hai capito? »

Silenzio. Pit non sapeva dove guardare. Di certo non verso la maestra, si vergognava troppo.

« Allora, Pit? Ce lo dici? »

« Ma no... no... non era importante... »

« E invece lo è. » La voce della maestra si fece più ferma. « Sei stato distratto per tutto il tempo. Non va bene così, lo so che siete tutti stufi, ma le ultime lezioni sono molto importanti e... »

A Pit venne da sbuffare. Cosa che non aveva mai fatto davanti all'insegnante.

« Be'? » chiese la maestra. « Ti sembra il modo? »

« Per una volta che mi sono distratto! » Pit parlava tenendo lo sguardo verso il soffitto. Aveva paura che gli uscisse qualche lacrima. « C'è Vito che è sempre lì che dorme dall'inizio dell'anno » indicò verso la prima fila. « E non gli hai mai detto niente. Perché te la prendi con me? »

La maestra Gelsomina fece un'espressione colma di stupore e curiosità. Poi sorrise.

« Vito » disse, chiamando il bambino riverso sul banco.

Il ragazzino alzò la testa lentamente. « Sì? » chiese, passandosi la punta delle dita sugli occhi assonnati.

« Puoi ripetere al tuo compagno l'argomento della lezione di oggi? »

« Certo maestra. »

E Vito iniziò a parlare. Parlò di verbi riflessivi, dell'ausiliare essere, del pronome personale che diventa complemento oggetto e di tante altre cose. Preciso, ordinato, come se avesse registrato l'intera lezione a memoria.

« Va bene, basta così, Vito. Direi che Pit ha capito perfettamente di cosa stavamo parlando. »

Il bambino ributtò la faccia sulle braccia stese.

Che figuraccia, pensò Pit. Iniziò a tremargli il mento. Non è giusto, pensò, scuotendo il capo.

«Allora, Pit, che dici, ricominciamo?»

Il bambino si alzò di scatto dalla sedia. «Non è giusto» disse, poi scappò fuori dall'aula, con gli occhi gonfi di lacrime.

14

La maestra Gelsomina trovò Pit che piangeva in corridoio.

«Lo vuoi un ghiacciolo?» gli chiese, con dolcezza.

«Cosa?»

«Be', fa molto caldo, io lo mangerei volentieri un ghiacciolo.» Lo prese per mano. «Dai, vieni con me.» Lo portò nell'aula dei professori dove c'era un piccolo frigorifero. «Sai, io ne sono golosissima.» Aprì il frigorifero ed estrasse due giaccioli. «Menta o arancia?»

Pit si stava calmando. «Arancia.»

«Va bene» gliene porse uno. «Io prendo la menta.»

Si sedettero in silenzio e iniziarono a mordere il ghiaccio.

«Allora, Pit, vuoi dirmi che succede?»

Il bambino assunse un'espressione seria seria. «Non è giusto» disse.

«Cosa non è giusto?»

«Io sono un bambino normale.»

«Lo so.»

«È questo il mio problema.»

«È un problema essere normali?»

«Nella mia classe tutti sanno fare cose speciali. Persino Vito! Io invece sono un bambino senza qualità.»

La maestra rise di gusto. Pit sentì nell'aria un intenso odore di gelsomini.

«Ma cosa dici?»

A Pit tornò il broncio.

«L'hai detto anche tu che sono uno normale.»

«E che significa? Tutti i miei bambini sono normali.»

«Non è vero.»

«Pit, ascoltami bene. Per me non ci sono differenze. Siete tutti normali ai miei occhi. E allo stesso tempo siete tutti speciali, ognuno a modo suo. Non te lo dimenticare mai!» Poi

diede un morso al suo ghiacciolo. «Adoro la menta» aggiunse soprappensiero. «Com'è il tuo?»

«Buono» rispose lui, tirando su col naso.

15

Era domenica pomeriggio. Pit stava finendo i compiti quando gli squillò il telefonino. Era Bea.

«Hai voglia di fare un giro al parco?»

Non vi ho detto del parco? Proprio vicino alla scuola c'era un parco molto bello, pieno di alberi. Era praticamente un bosco alla periferia della città. C'erano pure una collinetta, un piccolo fiume, qualche scoiattolo e un chiosco che vendeva bibite e faceva caffè.

«Finisco i compiti e ci vediamo in cima alla collina» rispose lui. Un'ora dopo i due bambini passeggiavano all'ombra degli alberi.

«Mi piace il parco, mi fa stare bene» disse lei.

«Ci vieni spesso?»

«Tutte le volte che posso. Mi sembra di

sparirci dentro, come se nessuno mi vedesse. Posso pensare a tutto quello che voglio quando sono qui. E tu, ci vieni? »

« Ogni tanto. »

In realtà Pit ci veniva raramente, accompagnato dai suoi genitori. Questa era la prima volta che ci andava da solo.

La bambina si sedette su una grossa radice. « Mi vuoi spiegare che cos'hai? Lo so che deve essere difficile cambiare scuola e amici, ma ormai l'anno è finito e tu... »

Pit lanciò un sassolino nel fiume.

« Tu non puoi capire. »

« Be', tu spiegamelo, magari lo capisco. »

Le si sedette di fronte.

« È che con voi mi sento sempre... come dire... in difetto. »

« Ma di che parli? » chiese la bambina, rovistando con un rametto il suolo.

Pit iniziò ad elencare: « Vito mentre dorme impara a memoria le lezioni, Davide sa smontare e rimontare le cose con un semplice tocco, a Daniela si incendiano i capelli, Peppe appare e scompare più veloce della luce... insomma, dai, sono tutte cose toste... io cosa so fare? Io non ho nessun potere! »

« E secondo te Luisa è contenta di piangere come una fontana? O Mario di saltare come una rana? »

« Però che salti che fa! »

« E io? Guarda me! Che cosa c'è di speciale a diventare tutta verde? »

« Be', è una cosa unica, io non lo so fare. »

« Magari sai fare qualcosa che io... » Si fermò ad osservare una cosa. La pelle le si fece verdissima e lucente.

« Che c'è? »

« Guarda che bella questa foglia » gli disse indicandola con il bastoncino. « È meravigliosa. »

La raccolse da terra. E Pit non la vide più. Non la foglia. Lei, Bea. Scomparsa!

« Bea, ma dove sei? » chiese lui spaventatissimo.

« Dove vuoi che sia? » sentì dire il bambino. « Sono qui davanti a te. »

«Non è vero... sei sparita!»

«Ma che dici? Che scherzo è questo?»

«Ti giuro, non ti vedo più. Eri qui davanti a me e...»

Pit spalancò leggermente gli occhi. Ebbe come un'intuizione.

«E...?» disse la voce della bambina.

Pit guardò a terra, poi verso il ramo dov'era seduta Bea.

«Sei sempre lì?»

«Pit, mi fai spaventare.»

«Hai sempre in mano la foglia?»

«S... sì, io... oddio!»

«Che succede?»

«Non mi vedo, non vedo le mie mani...»

«Va bene, va bene» disse lui cercando di nascondere l'emozione. «Non ti preoccupare. Credo di aver capito. Lascia andare la foglia.»

Un istante dopo Bea riapparve davanti a Pit, mentre la foglia planava lenta verso il suolo.

«È pazzesco» disse lui. «Incredibile.»

«Cos'è successo?»

«Ma non te ne sei mai accorta?» Pit era così

eccitato che non riusciva a stare fermo. Si muoveva frenetico, avanti e indietro. «Ecco perché dicevi che qui ti sembrava di sparire. Sparivi per davvero, lo capisci?»

«Io non... non ci avevo mai...»

«Ecco qual è il tuo vero potere! Ecco perché diventi verde...» guardò a terra. «Raccogli di nuovo la foglia.»

«Dai Pit, sono spaventata.»

«Forza, fallo, non succede niente.»

La bambina raccolse la foglia. E scomparve. Pit iniziò a battere le mani, entusiasta.

«Incredibile. Incredibile!» Urlava, saltando come un grillo. Solo che al terzo salto appoggiò male il piede sinistro sopra un sasso. «O mamma» disse, cercando di non cadere all'indietro. Poi si sentì afferrare da una mano invisibile. E scomparve pure lui.

16

Se quella domenica pomeriggio vi foste trovati a passeggiare nel parco di quella città vi avrebbe di certo incuriosito che nel fitto degli alberi si sentivano distintamente le voci di due bambini, un maschio e una femmina. Ma solo quelle. Solo le voci. Dei bambini neppure l'ombra.

« Dunque se io tengo in mano una foglia... »

« Sì, è così. Ti mimetizzi. E se nel frattempo tocchi qualcuno... »

« Anche lui si mimetizza assieme a me. »

« Esatto. »

I due bambini camminavano per il parco, invisibili, mano nella mano.

« Forse è questo il tuo potere » disse la voce femminile.

« Cosa? Di che parli? » chiese la voce maschile.

«Forse è che tu sai vederli i poteri. Li sai riconoscere.»

«Ma no, ma che dici. Che potere loffio è, scusami?»

«Forse tu...» Ma la voce femminile si zittì, catturata da altre voci che provenivano dal chiosco delle bibite.

«Ma non è Davide quello?»

«C'è qualcuno con lui. Guarda.»

«Dove?»

«Lì?»

« Lì dove? »

« Te lo sto indicando. »

« Sì, ma mica la vedo la tua mano! »

Venne da ridere a tutti e due.

« Lascio la foglia? » disse la voce femminile.

« No, no. Aspetta, avviciniamoci in silenzio. » Pit si mosse, tirando l'amica per la mano invisibile. « Gli facciamo uno scherzo » aggiunse sottovoce.

« Sì, dai, gli facciamo credere che siamo due fantasmi... oppure che... »

« Sssst... zitta. »

17

Si avvicinarono. Videro Davide, seduto su una sedia. Davanti a lui c'era un uomo stravaccato, con in mano una bottiglia. Sul tavolino fra i due c'erano altre due bottiglie vuote.

« Non mi interessa, hai capito? » disse l'uomo. Poi bevve dalla bottiglia. Fece un'espressione come di disgusto.

« Ma il coach dice che... »

« Che me ne frega di quello che dice? » Bevve ancora, schifato. « Cosa ci vado a fare? Tanto lo so già cosa mi dicono. Che sei una schiappa. Se ti bocciano fanno bene! »

Davide aveva gli occhi lucidi.

« Dai papà... »

« Io ho già i miei problemi, hai capito? Loro la fanno facile, ma se fossero al mio posto... »

« Sì, sì, certo, come no... »

«Quando avrai la mia età capirai.» Bevve ancora.

«Se c'era la mamma...» sussurrò Davide.

«Lasciala perdere quella lì. L'unica cosa buona che ha fatto è andarsene. E ora mi ritrovo che devo pensare a tutto io!»

Davide non disse nulla. Anche i due bambini rimasero in silenzio. Che dovevano fare? Loro volevano fare uno scherzo divertente, mica si potevano immaginare di trovarsi in quella situazione.

« Ma almeno alla finale ci vieni? » chiese ad un certo momento Davide.

Il padre sbuffò.

« Ancora con questa storia? »

« Ma non mi hai mai visto giocare. »

« La pallavolo è una cosa da femminucce. »

Pit si sentì stritolare la mano. Bea era arrabbiata, se non avesse avuto in mano la foglia probabilmente ora sarebbe stata di un verde cupo.

« Non è vero » disse Davide.

« Ah, non è vero? E dimmi un po', chi ci gioca nella tua squadra? »

« Ma è la finale. »

« Chi ci gioca? Ci sono delle femmine? »

« Ma l'allenatore dice che tutti devono... »

« Smettila di dare retta ai tuoi insegnanti, hai capito? Tu devi ascoltare tuo padre! »

Ancora silenzio. Pit sentì una mano invisibile che gli tastava la testa, poi l'orecchio. Infine un sussurro. « Andiamo via » disse la voce di Bea.

« Ti prego papà » continuò Davide. « Almeno la finale, cosa ti costa? »

« Sì » disse Pit, pianissimo. « Andiamo via. » Si mossero.

Povero Davide, pensò mentre se li lasciava alle spalle. Poverino.

18

Finché arrivò anche il giorno della finale.

L'allenatore aveva messo Pit in panchina. Meglio così, pensava il nostro amico. Lui era una schiappa, non voleva avere addosso lo sguardo di tutti.

Dalla sua posizione Pit osservava la palestra piena di gente: amici, parenti, anche semplici conoscenti o curiosi, dell'una e dell'altra squadra. C'era chi urlava, chi batteva le mani, chi sventolava bandiere. Sembrava una festa. Pit trovò con lo sguardo i suoi genitori, seduti quasi a metà degli spalti. Anche gli altri piccoli atleti fecero lo stesso. Ogni bambino riceveva un saluto, un gesto di incoraggiamento, un bacio. Davide neppure alzò lo sguardo.

Le regole del torneo assegnavano la vittoria alla squadra che per prima avrebbe vinto due set. La partita iniziò molto veloce. Mario zompettava su e giù, Daniela faceva vorticare tifoni d'aria, Peppe appariva sempre dov'era la palla, Davide non sbagliava una battuta.

Ad ogni punto conquistato il bambino alzava fugace gli occhi verso gli spalti, su, su, fino all'ultimo gradino, alla ricerca di qualcuno. Poi li riabbassava subito, triste.

Vinsero il primo set. Con un po' di difficoltà e molta determinazione.

« Forza ragazzi, se andiamo avanti così li stracciamo! » disse l'allenatore per caricarli.

« Io non sono un ragazzo » disse Luisa, un po' offesa.

L'allenatore non capiva. « Cosa? »

« Perché 'ragazzi'? Io sono una bambina. Anche Daniela lo è. »

« Ma... è un modo di dire. »

« E allora cambiatelo. »

Pit guardò la panchina degli avversari. « Stanno facendo delle sostituzioni » disse all'allenatore.

« Lo so. Me l'avevano detto che usano questa strategia. I più forti li fanno entrare dopo, quando noi siamo più stanchi.» Poi, battendo le mani per incitare i suoi: «Ma voi non siete stanchi, vero ragazzi?»

«Io non sono un ragazzo!» replicò Luisa. «Come te lo devo dire?»

19

Il secondo set fu una vera tragedia. Le sostituzioni della squadra avversaria avevano fatto la differenza. All'inizio i nostri amici erano riusciti a fare qualche punto, poi, come d'incanto, sembrò che gli avversari conoscessero in anticipo ogni trucco, ogni colpo, ogni pensiero.

Se Mario saltava come una molla, il suo corrispettivo saltava più in alto di lui, se Peppe spariva, il suo avversario ricompariva esattamente dove doveva atterrare la palla, se Daniela modificava una traiettoria, la sua avversaria la raddrizzava subito.

Insomma, avete capito, il set finì con una sonora sconfitta. Quattordici punti di distacco. Il morale dei piccoli atleti era sottoterra.

«Forse c'è bisogno di fare qualche sostituzione» disse l'allenatore. «Che ne dite?»

«Ci stanno massacrando» disse sconsolato Davide. «Cosa cambia?»

Il bambino alzò gli occhi verso gli spalti, cambiando d'improvviso espressione. Pit fece lo stesso. Sull'ultima gradinata, dove fino a poco prima non c'era nessuno, ora stava seduto il padre di Davide. Scuoteva il capo, con fare strafottente, bottiglia in mano.

«Maledizione» disse fra sé Davide. «L'unica volta che viene e io sto perdendo.»

«La partita non è ancora finita» provò a dire Pit.

«Sbagli. È già finita. Quelli non li batteremo mai.»

«Ma perché dici così... io credo che, se noi...»

«Sono simbionti» s'intromise Bea.

«Cosa sono?»

«Simbionti. Il loro potere è imitare il potere degli altri. In meglio però. Lo fanno diventare più intenso.»

L'allenatore iniziò a battere le mani. «Dai ragazzi, non buttiamoci giù!»

« Ma come te lo devo dire? Io sono una bambina! »

Davide si batté le mani sulle cosce. « Ma finiscila con questa storia. È per colpa tua che questo è un gioco da femminucce! »

Luisa lo guardò, immusonita. « Ma cosa... cosa c'entra? »

« Sei una lagnosa, hai capito? »

« Cosa sono io? » chiese con voce rotta la bambina.

« Davide, finiscila » disse Bea. « E chiedile scusa. »

Il bambino si alzò di scatto. « Io non chiedo scusa a nessuno, sono stufo di tutti voi! » esclamò, guardando verso suo padre.

« Calma » provò a dire l'allenatore. « Calma, tutti quanti. »

Fu inutile. Luisa iniziò a piangere come una fontana. E voi sapete cosa intendo dire. Un fiume di lacrime iniziò a inondare la panchina.

« Sei cattivo » strillava. « Brutto e cattivo. »

L'arbitro intanto insisteva perché si ritornasse in campo, il tempo era scaduto.

« Dai, Luisa, dobbiamo ricominciare » disse l'allenatore.

« Io non ci gioco più » fece la bambina, incrociando le braccia. « A me poi neanche piace la pallavolo, va bene? Preferisco la boxe! »

E giù lacrime come se piovesse. Roba che ci voleva un ombrello.

L'arbitro insisteva a far entrare in campo la squadra, l'allenatore non sapeva più come comportarsi.

« Va bene » disse alla fine. « Pit, entri tu al posto di Luisa. »

10 00
12
13
123
5
110
LOCALI
OSPITI

20

Il primo a battere fu Davide. La replica fu fulminea e inesorabile. La palla passò agli avversari, i quali iniziarono a macinare punti su punti.

Il pubblico ospite faceva un tifo infernale. I genitori dei nostri bambini provavano a incitare i loro figli, ma con sempre meno convinzione.

In un raro momento di silenzio si sentì urlare dal fondo degli spalti: « Siete delle schiappe! » e poi una risata sguaiata. Era la voce del padre di Davide. A un giocatore dell'altra squadra venne da ridere e colpì malamente la palla facendole superare la rete di un soffio. Davide allora intercettò il debole pallonetto e con una furia rabbiosa scagliò la palla nella metà campo avversaria. La sfera arrivò a terra sgonfia, imprendibile.

Ci fu qualche secondo di pausa, per la sostituzione della palla. Pit si girò un istante verso gli spalti. Vide suo padre che discuteva con quello di Davide. E Sandrino che risaliva le gradinate per poi avvicinarsi ai due uomini. Il padre di Davide fece un gesto di stizza, come a dire che non gli rompessero le scatole. Ma Sandrino gli appoggiò una mano sulla spalla, sorridente. L'uomo cambiò all'improvviso espressione. Si placò e sorrise pure lui, beato. Allora il signor Luigi prese la bottiglia dalle mani dell'uomo e la buttò in un cestino. Poi strinse la mano al padre di Davide, come a stilare un accordo, e gli diede la sua bandiera da sventolare.

Chissà cosa gli sta dicendo, pensò Pit. Nel mentre la partita era ricominciata. I giocatori avevano preso posizione. Solo in quel momento Pit comprese che ora toccava proprio a lui battere. Sentì le gambe cedergli. E se sbaglio?

21

Eccoci dunque arrivati al momento della battuta. Sì, quello dell'inizio di questa storia, vi ricordate?

Quando vi dicevo che Pit sentiva il peso della responsabilità sapendo che le sorti di questa partita dipendevano da come avrebbe colpito la palla. Che la squadra era troppo sotto con il punteggio e che se sbagliava la battuta andava a finire che avrebbero perso.

Peggio di una tragedia, peggio di un terremoto, peggio ancora di un gelato appena comprato che cade dal cono direttamente sull'asfalto, in pieno agosto.

A Pit è venuto un nodo alla gola e gli occhi sembrano pronti a inondare il campo neppure fosse Luisa a piangere. Ecco, sta pensando, adesso io batto la palla. E sbaglio. Lo so già.

Sbaglierò, perché non sono mai stato un gran giocatore di pallavolo. Io non volevo neanche giocare questa partita. E invece tocca proprio a me battere. E sbaglierò, lo so già. E tutti mi prenderanno in giro. È la mia ultima occasione per farmi voler bene da tutta la classe e io la sto buttando via.

L'arbitro ha già fischiato e gli otto secondi regolamentari sono quasi scaduti.

« Ti muovi o no? » sussurra Davide. « Vogliamo batterlo questo servizio? »

« Ho paura » risponde lui.

«Mi fido di te» dice l'altro.

Pit prende fiato. Lancia la palla in alto, poi la colpisce con la mano destra.

La palla svirgola un po', ma supera la rete. Il difensore sembra stupito dal lancio, non se lo aspettava così debole. Solo all'ultimo si mette in posizione di bagher ma al posto di passare a un compagno fa rimbalzare la palla sulla rete. Una risposta proprio da schiappe, da chi non gioca mai a pallavolo.

È punto. Il più ridicolo dei punti, ma è punto. I bambini festeggiano.

Com'è possibile, pensa Pit. Ho battuto malissimo. Questi sono capaci di fare colpi imprendibili, sono i più forti di tutto il quartiere e poi... e poi...

Nella mente del bambino è come se un'idea si stesse affacciando. Un'intuizione che non ha ancora una forma.

La palla torna nelle sue mani. Deve battere di nuovo. La fa rimbalzare a terra un paio di volte. Poi si ferma. Sgrana gli occhi, ha capito!

L'arbitro mette in bocca il fischietto.

« Non usate i poteri » dice sottovoce ai suoi compagni.

Davide ruota la testa verso di lui. « Cosa? Ma che dici? »

« Fidatevi di me. Non saltate come rane, non incendiatevi, non sparite. »

« Ma perché? »

« Sono simbionti, giusto? Cosa ha detto Bea? Il loro potere è imitare il potere degli altri. »

« Ce ne siamo accorti! » dice ironico Peppe.

L'arbitro nel frattempo fischia.

« Ma lo fanno meglio. Con più intensità » continua Pit.

« Appunto, ci stanno massacrando. »

« Ma se tutti giochiamo come dei bambini normali, senza poteri, in modo mediocre, come giocheranno loro? »

Gli otto secondi sono quasi passati.

Davide osserva l'amico. Annuisce. Si fida di lui.

« Fate come dice Pit. Giochiamo tutti come dei pulcini! »

22

Fu la finale di torneo più divertente degli ultimi anni. Palle che svirgolavano, che rimbalzavano sul bordo della rete, che uscivano dal campo, che volavano verso gli spalti. Sembrava di stare alle comiche. Tutti che ridevano, dentro e fuori dal campo. Più i nostri tiravano male – incapaci di giocare senza usare i loro poteri – e più gli avversari colpivano peggio.

Finì che i nostri amici vinsero con solo due punti di scarto. Sulle gradinate era tutto un festeggiare.

Anche il padre di Davide sorrideva e piangeva, abbracciato al signor Luigi che cantava a squarciagola.

Sandrino nel frattempo aveva già raggiunto gli amici sul campo.

«Cosa hai fatto al padre di Davide?» gli chiese Pit.

«Io? Niente» rispose placido. Pit sorrise. Non ci credeva neppure un po'.

Arrivarono anche le mamme. E fu tutto un baciarsi, abbracciarsi, vatti a fare la doccia, cambiati subito, non prendere freddo, guarda che ti ammali, ti aspetto fuori, non fare tardi.

Nel corridoio della palestra Davide fece due passi verso Luisa. «Scusami» le disse con lo sguardo basso. «Mi sono comportato come uno scemo.»

Lei sorrise. «Meglio così. Altrimenti se non entrava Pit mica vincevamo!»

Peppe iniziò a battere le mani. «Uno di noi» urlava. «Il pulcino è uno di noi.» Tutti gli altri lo seguirono in coro. «Uno di noi, il pulcino è uno di noi.»

Dopo la doccia, uscirono dalla palestra e raggiunsero ognuno i propri genitori. Quando Davide vide il padre gli corse incontro per abbracciarlo, quasi non volesse lasciarlo più.

«Ci vediamo domani» disse l'uomo al signor Luigi. Poi, al figlio: «Kebab?»

«Sììììì» rispose infantile Davide.

«Io però bevo una coca, d'accordo?» disse il padre. «O preferisci l'aranciata?»

Pit li vide allontanarsi mano nella mano. Poi alzò gli occhi verso suo padre: «Domani?»

«Ho trovato un nuovo lavoro» gli rispose il signor Luigi. «E, insomma... ho bisogno di un assistente che mi dia una mano.»

«Dov'è la mamma?» chiese Pit.

«È andata a salutare i suoi ragazzi.»

Apparve pure la maestra Gelsomina, fermata ad ogni passo dai suoi allievi che le volevano parlare, chi saltando, chi inverdendo, chi incendiandosi, chi camminando sui muri.

Finalmente raggiunse Pit.

«Cosa ti dicevo?» gli disse, accarezzandogli il volto.

«Quando?»

Lei sorrise. Inutile dire che l'aria si fece profumatissima.

«Sei un bambino speciale, Pit, non te lo dimenticare mai.»

Arrivò anche la mamma di Pit. «Sono tutti speciali i nostri bambini, vero Gelsomina?»

«Tutti. Senza distinzioni.»

Pit fece uno sbadiglio.

«Cos'è? Fame o sonno?» chiese il papà.

«Fame» rispose il bambino.

«E allora andiamo a casa» disse la mamma. Poi, più sottovoce, strizzando un occhio. «Ho preparato il tiramisù.»

Gratulatoria

Vorrei ringraziare Pietro per il nome che gli ho preso in prestito, Beatrice per la consulenza sportiva e la maestra Gelsomina che esiste per davvero.

Grazie anche a Laura e Sara che sono ormai cresciute ma continuano ad ascoltarmi raccontare storie. Infine grazie ad Elena, semplicemente perché senza di lei avrei una vita impossibile.

Il libro è dedicato a tutti i bambini che in questi anni mi hanno chiesto di scrivere un'altra fiaba. Eccola!

Nota biografica

Gianni Biondillo (Milano, 1966) è architetto e scrittore. Presso Guanda sono usciti *Per cosa si uccide*, *Con la morte nel cuore*, *Per sempre giovane*, *Il giovane sbirro*, *Metropoli per principianti*, *Nel nome del padre*, *I materiali del killer* (Premio Scerbanenco e Prix Violeta Negra), *Strane storie*, *Cronaca di un suicidio*, *Il mio amico Asdrubale*, *Nelle mani di Dio*, *L'Africa non esiste*, *L'incanto delle sirene* e *Come sugli alberi le foglie*. Sempre per Guanda, Biondillo ha curato l'antologia di racconti *Pene d'amore*; ha scritto con Severino Colombo *Manuale di sopravvivenza del padre contemporaneo* e con Michele Monina *Tangenziali*. Scrive per il cinema e la televisione, pubblica su quotidiani e riviste nazionali.

GIANNI BIONDILLO

IL MIO AMICO ASDRUBALE

Marco è un bambino modello, tutto casa, compiti e stragi di zombi alla *play station*. Mirka è una bambina singolare, che non va in macchina e parla con gli alberi. Perlomeno con uno: si chiama Asdrubale, sta nel parco vicino alla scuola, e non chiede di meglio che insegnare a Marco ad arrampicarsi tra i suoi rami, dove il sodalizio tra i due bambini germoglierà e crescerà, stagione dopo stagione, come una piccola pianta robusta. Ma per quanto ancora Asdrubale potrà restare a vegliare su di loro?

GUANDA

Fotocomposizione Editype s.r.l.
Agrate Brianza (MB)

Finito di stampare
nel mese di novembre 2017
per conto della Ugo Guanda S.r.l.
da Grafica Veneta S.p.A. di Trebaseleghe (PD)
Printed in Italy